MARGUERITE DURAS

HIROSHIMA
MON AMOUR

Rédacteur: Jan A. Verschoor
Illustrations: Stinne Teglhus

ER

EASY READERS · FACILE A LIRE

Les structures et le vocabulaire de ce livre sont fondés sur
une comparaison des ouvrages suivants :
Börje Schlyter : Centrala Ordförrådet i Franskan
Albert Raasch : Das VHS-Zertifikat für Französisch
Etudes Françaises – Echanges
Sten-Gunnar Hellström, Sven G. Johansson : On parle français
Ulla Brodow, Thérèse Durand : On y va

Rédacteur de serie : Ulla Malmmose

Dessin de la couverture : Mette Plesner
Photo : Filmmuseet/Stills og Plakatarkivet

© Editions GALLIMARD 1960
© 1988 par ASCHEHOUG/ALINEA
ISBN-10 Danemark 87-23-90222-1
ISBN-13 Danemark 978-87-23-90222-1
www.easyreader.dk

Easy Readers EGMONT

Imprimé au Danemark par
Sangill Grafisk Produktion, Holme Olstrup

MARGUERITE DURAS

Née en Indo-Chine en 1914, Marguerite Duras écrit de bonne heure des romans abstraits. Thèmes : l'ennui, la solitude, la faim d'amour et de dialogue, le besoin de l'autre, l'impossibilité de communication, etc. C'est par sa chaleur humaine que l'auteur se distingue des «nouveaux romanciers», pour lesquels c'est surtout la technique de l'écriture qui compte.

Parmi les romans il faut citer entre autres *Un barrage contre le Pacifique, Des journées entières dans les arbres, Le square, Moderato cantabile, L'amour, L'amant,* etc. Dans ces romans, souvent réduits à des dialogues, les personnages n'existent que par leurs paroles. Et cela a poussé l'auteur au théâtre et au scénario de film, dont il convient de citer notamment *Hiroshima mon amour.* Outre de nombreux autres prix décernés à Marguerite Duras, il faut mentionner avant tout le Prix Goncourt qu'elle obtint en 1984 pour toute son œuvre.

Hiroshima mon amour est un scénario de film. La ville de Hiroshima, au Japon, est le décor pour l'histoire d'amour très courte d'une Française avec un architecte japonais. Mais il y a aussi, dans des flash-backs, la ville de Nevers, en France.

La présente édition de EASY READERS donne les cinq parties composant le dialogue du scénario du film, chacune précédée d'une petite analyse.

Aucune modification n'a été apportée au texte, mais comme le vocabulaire du niveau B ne doit pas comporter trop de difficultés, certaines coupures ont été pratiquées. Il s'agit donc d'une édition abrégée et non simplifiée.

*indique une omission du texte original

PARTIE I
Analyse

Le film commence par le *«champignon»* atomique, d'où apparaissent peu à peu deux *épaules nues*. Puis on entend la voix du Japonais qui parle à son *amante*, une Française qui joue un rôle dans un film sur la Paix, tourné à Hiroshima. Le Japonais dit qu'elle n'a rien vu à Hiroshima, mais elle le *nie* et dit qu'elle a, au contraire, tout vu à Hiroshima. Lui cependant répète, impersonnel et calme, qu'elle n'a rien vu, pas même d'hôpital.

Elle répète qu'elle a tout vu, elle a même été quatre fois au musée à Hiroshima, où les touristes pleurent souvent.

Couché avec elle dans une chambre d'hôtel, le Japonais dit qu' elle a tout inventé, mais la Française reste *imperturbable*.

Elle parle de la colère de Hiroshima, de la colère de villes entières «contre *l'inégalité* posée en principe par certains peuples contre d'autres peuples, contre l'inégalité posée en principe par certaines races contre d'autres races, contre l'inégalité posée en principe par certaines classes contre d'autres classes».

---

champignon, voir illustration page 6
nu, qui n'est couvert d'aucun vêtement
un amant, une amante, personne qui aime d'amour et qui est aimée
nier, dire qu'une chose n'est pas vraie
imperturbable, qui garde le calme
l'inégalité, caractère de ce qui n'est pas égal

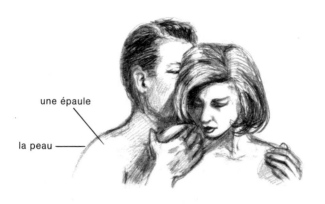

une épaule

la peau

Quand elle ajoute qu'elle connaît déjà l'oubli, le Japonais dit que ce n'est pas vrai. Mais elle dit que «ça recommencera», elle parle de deux cent mille morts, de quatre-vingt mille blessés, et tout cela en neuf secondes. Puis le ton change, les deux ne parlent plus de Hiroshima, mais de leur amour.

Elle lui dit qu'il a une belle *peau,* et de son côté le Japonais dit qu'elle a de beaux yeux verts. Mais ils en reviennent à Hiroshima, et le Japonais dit qu'il n'avait pas été à Hiroshima au moment de l'*éclatement* de la bombe parce qu'il faisait alors la guerre. Mais sa famille, elle, avait été à Hiroshima dans le temps. Et la Française raconte qu'elle est à Hiroshima pour y jouer dans un film international pour la Paix. Elle dit aussi qu'avant son arrivée à Hiroshima elle était à Paris, et qu'avant d'être à Paris elle avait habité à Nevers. Elle est venue à Hiroshima pour «voir tout» parce que «de bien regarder, je crois que cela s'apprend».

---

un éclatement, explosion

PARTIE I

(Le film s'ouvre sur le développement du *fameux* «champignon» de BIKINI. Il faudrait que le spectateur *ait* le sentiment, à la fois, de revoir et de voir ce «champignon» pour la première fois.* A mesure que ce «champignon» s'élève sur l'*écran,* au-dessous de lui, apparaissaient, peu à peu, deux épaules nues.*

Les deux épaules *étreintes* sont de différente couleur, l'une est sombre et l'autre est claire.* Une main de femme, très *agrandie,* reste posée sur l'épaule jaune.*

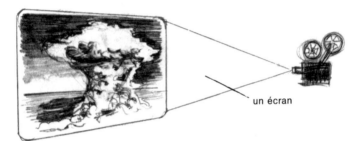

un écran

Une voix d'homme, *mate* et calme,* annonce :)
LUI
Tu n'as rien vu à Hiroshima. Rien.

(*Une voix de femme* répond :)
ELLE
J'ai tout vu. Tout.

(*Puis la voix de femme reprend, calme :*)
ELLE

---

fameux, célèbre
ait (subjonctif), a
étreindre, embrasser
agrandir, rendre plus grand
mat, qui n'est pas brillant

Ainsi l'hôpital, je l'ai vu. J'en suis sûre. L'hôpital existe à Hiroshima. Comment *aurais*-je pu éviter de le voir?

LUI

Tu n'as pas vu d'hôpital à Hiroshima. Tu n'as rien vu à Hiroshima.

(Ensuite la voix de la femme se fait plus, plus impersonnelle.*)

ELLE

Quatre fois au musée...

LUI

Quel musée à Hiroshima?

ELLE

Quatre fois au musée à Hiroshima. J'ai vu les gens se promener. Les gens se promènent, *pensifs*, à travers les photographies, les *reconstitutions**, à travers les photographies*, les reconstitutions*, les *explications, faute d'*autre chose.

Quatre fois au musée à Hiroshima.

J'ai regardé les gens. J'ai regardé moi-même pensivement*. Le fer brûlé*. Des pierres. Des pierres brûlées*. Des *chevelures* anonymes que les femmes de Hiroshima retrouvaient tout entières tombées le matin, au réveil.

J'ai eu chaud place de la Paix. Dix mille degrés sur la place de la Paix. Je le sais. La température du soleil sur la place de la Paix. Comment l'*ignorer*?...L'herbe,

---

aurais, (conditionnel) avoir
pensif, qui est absorbé dans ses pensées
une reconstitution, ce qu'on forme une fois de plus
une explication, commentaire
faute de, par manque de
une chevelure, voir illustration p. 8
ignorer, ne pas savoir

c'est bien simple . . .

Lᴜɪ

Tu n'as rien vu à Hiroshima, rien.

Eʟʟᴇ

Les reconstitutions ont été faites le plus sérieusement possible. Les films ont été faits le plus sérieusement possible.

L'illusion, c'est bien simple, est tellement parfaite que les touristes pleurent.

On peut toujours se moquer, mais que peut faire d'autre un touriste que, justement, pleurer?

Les gens restent là, pensifs. Et sans ironie aucune, on doit pouvoir dire que les occasions de rendre les gens pensifs sont toujours excellentes. Et que les monuments sont cependant les meilleurs prétextes à ces occasions . . .

Eʟʟᴇ

A ces occasions . . . penser. D'habitude, il est vrai, lorsque l'occasion de penser vous est offerte . . . avec ce *luxe* . . . on ne pense rien. N'empêche que le spectacle des autres que l'on *suppose* être en train de penser est *encourageant.*

une chevelure

---

un luxe, façon de vivre qui coûte cher
supposer, croire
encourageant, qui donne du courage

ELLE

J'ai toujours pleuré sur le *sort* de Hiroshima. Toujours.

LUI

Non. Sur quoi aurais-tu pleuré?

ELLE

J'ai vu les actualités.

Le deuxième jour, dit l'Histoire, je ne l'ai pas inventé, dès le deuxième jour, des *espèces* animales précises ont *résurgi* des *profondeurs* de la terre et des *cendres.*

Des chiens ont été photographiés. Pour toujours. Je les ai vus. J'ai vu les actualités. Je les ai vues. Du premier jour. Du deuxième jour. Du troisième jour.

LUI (il lui coupe la parole.)

Tu n'as rien vu. Rien.

ELLE

. . . du quinzième jour aussi.

Hiroshima se recouvrit de fleurs. Ce n'étaient partout que *bleuets* et *glaïeuls,* et *volubilis* et *belles-d'un jour,* qui *renaissaient* des cendres avec une extraordinaire *vigueur,* inconnue jusque-là chez les fleurs.

ELLE

Je n'ai rien inventé.

LUI

Tu as tout inventé.

---

le sort, ce qui arrive par le hasard
une espèce, genre
(ré)surgir, (ré)apparaître brusquement
une profondeur, endroit profond
les cendres, ce qui reste après avoir été brûlé complètement
des bleuets, un glaïeul, un volubilis, des belles d'un jour, voir illustration page 10
renaître, venir au monde une fois de plus
une vigueur, force

9

des bleuets   un glaïeul   des belles d'un jour
et un volubilis

ELLE
Rien.

De même que dans l'amour cette illusion existe, cette illusion de pouvoir ne jamais oublier, de même j'ai eu l'illusion devant Hiroshima que jamais je n'oublierai.

De même que dans l'amour.

ELLE
J'ai vu aussi les *rescapés* et ceux qui étaient dans les *ventres* des femmes de Hiroshima.

*ELLE
Ecoute . . . Je sais . . . Je sais tout. Ça a continué.

LUI
Rien. Tu ne sais rien.

ELLE
Les femmes risquent d'*accoucher d'*enfants mal venus,* mais ça continue. Les hommes risquent d'être frappés de stérilité, mais ça continue.

La pluie fait peur. Des pluies de cendres sur les eaux du *Pacifique*. Les eaux du Pacifique tuent. Des

---

de même que, comme
un rescapé, qui est sorti d'un danger sans aucun mal
accoucher de, mettre au monde
le Pacifique, l'Océan Pacifique

un ventre

pêcheurs du Pacifique sont morts. La *nourriture* fait peur. On jette la nourriture d'une ville entière. On *enterre* la nourriture de villes entières. Une ville entière se met en colère. Des villes entières se mettent en colère.

Elle

Contre qui, la colère des villes entières? La colère des villes entières* contre l'inégalité posée en principe par certains peuples contre d'autres peuples, contre l'inégalité posée en principe par certaines races contre d'autres races, contre l'inégalité posée en principe par certaines classes contre d'autres classes.

Elle. bas

. . . Ecoute-moi. Comme toi, je connais l'oubli.

Lui

Non, tu ne connais pas l'oubli.

---

la nourriture, ce qu'on mange
enterrer, faire disparaître dans la terre

11

ELLE

Comme toi, je suis *douée de mémoire.* Je connais l'oubli.

LUI

Non, tu n'es pas douée de mémoire.

ELLE

Comme toi, moi aussi, j'ai essayé de *lutter* de toutes mes forces contre l'oubli. Comme toi, j'ai oublié. Comme toi, j'ai désiré* avoir une mémoire d'ombres et de pierre.

ELLE

J'ai lutté pour mon compte, de toutes mes forces, chaque jour, contre l'*horreur* de ne plus comprendre du tout le pourquoi de se souvenir. Comme toi, j'ai oublié . . .

ELLE

Pourquoi nier l'évidente *nécessité* de la mémoire?

ELLE

. . . Ecoute-moi. Je sais encore. Ça recommencera. Deux cent mille morts. Quatre-vingt mille blessés. En neuf secondes. Ces chiffres sont officiels. Ça recommencera.

ELLE

Il y aura dix mille degrés sur la terre. Dix mille soleils, dira-t-on. L'asphalte brûlera.

ELLE

Un *désordre* profond *régnera.* Une ville entière sera sou-

être doué de, avoir naturellement; posséder naturellement
la mémoire, esprit qui garde le souvenir de ce qui a été
lutter, se battre
l'horreur, ce qui fait grand-peur
une nécessité, ce qu'il est impossible d'éviter
un désordre, défaut d'ordre
régner, exister

12

levée de terre et retombera en cendres...

ELLE

Des végétations nouvelles surgissent des *sables*.

ELLE

...Quatre étudiants attendent ensemble une mort *fraternelle* et *légendaire*.

Les sept branches de l'*estuaire* en delta de la rivière Ota se vident et se remplissent à l'heure *habituelle*, très précisément aux heures habituelles d'une eau fraîche et *poissonneuse*, grise ou bleue suivant l'heure et les saisons.*

ELLE

...Je te rencontre. Je me souviens de toi. Qui es-tu? Tu me tues. Tu me fais du bien. Comment *me serais-je-doutée* que cette ville était faite à la taille de l'amour? Comment me serais-je doutée que tu étais fait à la taille de mon corps même?

Tu me plais. Quelle *lenteur* tout à coup. Quelle *douceur*.

Tu ne peux pas savoir. Tu me tues. Tu me fais du bien. Tu me tues. Tu me fais du bien. J'ai le temps. Je t'en prie.*

Pourquoi pas toi? Pourquoi pas toi dans cette ville*

---

des sables, voir illustration page 14
fraternel, propre à des frères
légendaire, qui n'existe que dans les histoires populaires traditionnelles
un estuaire, voir illustration page 14
habituel, passé à l'état d'habitude
poissonneux, qui a de nombreux poissons
me serais – je doutée, m'être doutée
la lenteur, caractère de ce qui est lent
la douceur, caractère de ce qui est doux

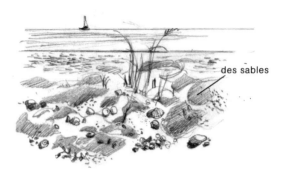

des sables

au point de s'y méprendre? Je t'en prie...

(Très *brutalement* le visage de la femme apparaît*
tendu vers le visage de l'homme.)

ELLE

C'est fou ce que tu as une belle peau.

ELLE

Toi...

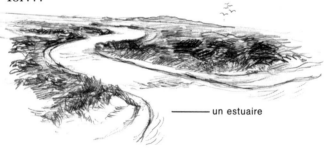

————— un estuaire

(Le visage du Japonais apparaît après celui de la
femme dans un rire extasié.* Il se retourne :)

---

au point de, tellement que
se méprendre, se tromper
brutalement, brusquement

14

LUI

Moi, oui. Tu m'auras vu.

    (*Même voix de femme.*)

ELLE

Tu es complètement japonais ou tu n'es pas complètement japonais?

LUI

Complètement. Je suis japonais.

LUI

Tu as les yeux verts. C'est bien ça?

ELLE

Oh, je crois..., oui... je crois qu'ils sont verts.

    (Il la regarde. *Affirme* doucement :)

LUI

Tu es comme mille femmes ensemble...

ELLE

*Peut-être pas tout à fait pour cela seulement.

ELLE

Cela ne me *déplaît* pas, d'être mille femmes ensemble
pour toi.

    (Elle lui embrasse l'épaule.* Elle a la tête tournée
vers la fenêtre ouverte, vers Hiroshima, la nuit. Un
homme passe dans la rue et *tousse.* (On ne le voit pas,
on l'entend seulement.) Elle se relève.)

ELLE

Ecoute... C'est quatre heures...

LUI

Pourquoi?

---

affirmer, assurer
déplaire, ne pas plaire
tousser, faire le bruit dû au fait qu'on a pris froid

ELLE

Je ne sais pas qui c'est. Tous les jours il passe à quatre heures. Et il tousse.

(Silence. Ils se regardent.)

ELLE

Tu y étais, toi, à Hiroshima . . .

(Il rit.*)

LUI

Non . . . bien sûr.

(Elle lui *caresse* l'épaule nue encore une fois. Cette épaule est *effectivement* belle, intacte.)

ELLE

Oh. C'est vrai . . . Je suis bête.

(Presque souriante.

Il la regarde *tout à coup,* sérieux et hésitant, puis il finit par le lui dire :)

LUI

Ma famille, elle était à Hiroshima. Je faisais la guerre. (*Timidement,* cette fois, avec un sourire, elle demande :)

ELLE

Une chance, quoi?

(Il la quitte du regard, pèse le pour et le contre :)

LUI

Oui.

(Elle ajoute, très gentille* :)

ELLE

Une chance pour moi aussi.

(Un temps.)

---

caresser, toucher agréablement et doucement
effectivement, vraiment
tout à coup, brusquement
timide, peu assuré

16

LUI

Pourquoi tu es à Hiroshima?

ELLE

Un film.

LUI

Quoi, un film?

ELLE

Je joue dans un film.

LUI

Et avant d'être à Hiroshima, où étais-tu?

ELLE

A Paris.

(Un temps encore, encore plus long.)

LUI

Et avant d'être à Paris?...

ELLE

Avant d'être à Paris?... J'étais à Nevers. Ne-vers.

LUI

Nevers?

ELLE

C'est dans la Nièvre. Tu ne connais pas.

(Un temps. Il demande, comme s'il venait de *découvrir* un *lien* HIROSHIMA – NEVERS :)

LUI

Et pourquoi voulais-tu voir tout à Hiroshima?

ELLE

Ça m'intéressait. J'ai mon idée là-dessus. Par exemple, tu vois, de bien regarder, je crois que ça s'apprend.

---

découvrir, trouver
un lien, rapport

Répondez!

1. Qu'est-ce qui apparaît peu à peu du «champignon» atomique?

2. Qu'est-ce que le Japonais dit tout le temps à la Française?

3. Après quelque temps les deux ne parlent plus de Hiroshima, mais d'autre chose. De quoi?

4. Expliquez pourquoi le Japonais n'avait pas été à Hiroshima au moment de l'éclatement de la bombe!

5. Dans quel film est-ce que la Française joue un rôle?

6. Pourquoi est-ce qu'elle veut «voir tout» à Hiroshima?

PARTIE II
Analyse

Les deux amants, c'est-à-dire le Japonais marié qui a trois enfants, et la Française mariée qui en a deux, sont heureux dans leur chambre d'hôtel. Ils vivent les événements encore plus intensément parce que l'horreur de Hiroshima en est le décor. C'est l'amour qui gagne toujours: les deux amants continuent de parler et la Française dit que se connaître à Hiroshima *«c'est pas tous les jours»*. Elle parle de Nevers, de Paris, puis elle s'habille en *infirmière* pour jouer son rôle dans le film.

une infirmière

Le Japonais dit qu'il est architecte et qu'il fait aussi de la politique. Quand elle lui annonce son départ pour le lendemain, il est très étonné : il veut la revoir, mais elle dit non. Elle l'avait laissé monter dans sa chambre parce qu'elle «aime bien les garçons».

---

c'est pas, ce n'est pas

Quand le Japonais lui demande où elle va, elle répond qu'elle va à Paris, et non pas à Nevers, où elle n'ira plus jamais. Ils sortent de l'hôtel pour arriver à la place de la Paix, où l'on tourne le film. Elle parle de certaines difficultés qu'elle avait eues pendant la guerre : un jour elle avait été «folle» à Nevers, mais pour le reste elle n'en dit plus rien.

PARTIE II

(*Elle est en *peignoir de bain* sur le *balcon* de la chambre d'hôtel. Elle le regarde. Elle tient à la main une tasse de café. Lui dort encore.)*

(Il se réveille. Il lui sourit. Elle ne lui sourit pas immédiatement. Elle continue à le regarder *attentivement.* Puis elle lui apporte le café.)

ELLE

Tu veux du café?

(*Il prend la tasse. Un temps.)

ELLE

A quoi tu rêvais?

LUI

Je ne sais plus... Pourquoi?

(Elle est redevenue naturelle, très très gentille.)

ELLE

Je regardais tes mains. Elles *bougent* quand tu dors.

(Il regarde ses propres mains, à son tour, avec étonnement et il joue peut-être à faire jouer ses doigts.)

LUI

C'est quand on rêve, peut-être, sans le savoir.

---

attentivement, avec attention
bouger, faire un mouvement

un front

un peignoir de bain

un balcon

ELLE
Hum, hum.

(Ils sont ensemble sous la douche de la chambre d'hôtel. Ils sont gais. Il pose la main sur son *front,* de telle manière qu'il lui renverse la tête en arrière.)

LUI
Tu es une belle femme, tu le sais?

ELLE
Tu trouves?

LUI

Je trouve.

ELLE

Un peu fatiguée. Non?

   (Il a un geste sur sa figure*. Rit.)

LUI

Un peu *laide.*

   (Elle sourit sous la caresse.)

ELLE

Ça ne fait rien?

LUI

C'est ce que j'ai remarqué hier soir dans ce café.*Et puis...

ELLE

Et puis?...

LUI

Et puis comment tu t'ennuyais.

   (Elle a vers lui un geste de *curiosité.*)

ELLE

Dis-moi encore...

LUI

Tu t'ennuyais de la façon qui donne aux hommes l'envie de connaître une femme.

   (Elle sourit, *baisse les yeux.)*

ELLE

Tu parles bien le français.

LUI

N'est-ce pas? Je suis content que tu remarques enfin

---

laid, le contraire de beau
la curiosité, désir de savoir
baisser les yeux, les diriger vers la terre

comme je parle bien le français.

(Un temps.)

Lui

Moi, je n'avais pas remarqué que tu ne parlais pas le japonais... Est-ce que tu avais remarqué que c'est toujours dans le même sens que l'on remarque les choses?

Elle

Non. Je t'ai remarqué toi, c'est tout.

(Rires.)

(Après le bain. Elle prend le temps de *croquer* une pomme.*En peignoir de bain. Elle est sur le balcon, le regarde* et dit lentement :*)

Elle

Se connaître-à-Hiroshima. C'est pas tous les jours.

(Il vient la retrouver sur le balcon, il s'assied en face d'elle, habillé déjà. En chemise.*Après une hésitation, il demande :)

Lui

Qu'est-ce que c'était pour toi, Hiroshima en France?

Elle

La fin de la guerre, je veux dire, complètement.

La *stupeur,* à l'idée qu'on ait osé... la stupeur à l'idée qu'on ait réussi. Et puis aussi, pour nous, le commencement d'une peur inconnue. Et puis, l'*indifférence,* la peur de l'indifférence aussi...

Lui

Où étais-tu?

---

croquer, manger
la stupeur, étonnement profond
l'indifférence, état d'une personne pour qui rien n'a d'intérêt

23

ELLE

Je venais de quitter Nevers. J'étais à Paris. Dans la rue.

LUI

C'est un joli mot français, Nevers.

(Elle ne répond pas tout de suite.)

ELLE

C'est un mot comme un autre. Comme la ville.

(Elle *s'éloigne.*)

(Il est assis sur le lit, il allume une cigarette, la regarde intensément.* Il demande :)

LUI

Tu as connu beaucoup de Japonais à Hiroshima?

ELLE

Ah, j'en ai connu, oui . . . mais comme toi . . . (*avec évidence*), non . . .

(Il sourit. *Gaieté.*)

LUI

Je suis le premier Japonais de ta vie?

ELLE

Oui.

(On entend son rire. Elle réapparaît au cours de sa toilette et dit :*)

ELLE

Hi-ro-shi-ma. (Il faut que je ferme les yeux pour me souvenir . . . je veux dire me souvenir comment, en France, avant de venir ici, je m'en souvenais, de Hiroshima. C'est toujours la même histoire, avec les souvenirs.)

(Il baisse les yeux, très calme.)

---

s'éloigner, partir
avec evidence, (ici :) comme si c'était une chose evidente
la gaieté, joie

LUI

Le monde entier était joyeux. Tu étais joyeux avec le monde entier.

(Il continue.*)

LUI

C'était un beau jour d'été à Paris, ce jour-là, j'ai entendu dire, n'est-ce pas?

ELLE

Il faisait beau, oui.

LUI

Quel âge avais-tu?

ELLE

Vingt ans. Et toi?

LUI

Vingt-deux ans.

ELLE

Le même âge, quoi?

LUI

En somme, oui.

(Elle apparaît complètement habillée, au moment où elle est en train d'*ajuster* sa *coiffe* d'infirmière (car c'est en infirmière de la *Croix-Rouge* qu'elle apparaît.* Elle joue avec sa main. Elle embrasse son bras nu. Une conversation* *s'engage*.)

ELLE

Qu'est-ce que tu fais, toi, dans la vie?

LUI

De l'architecture. Et puis aussi de la politique.

---

en somme, tout bien considéré
ajuster, serrer de près
une coiffe, la Croix-Rouge, voir illustration page 26
s'engager, commencer

ELLE

Ah, c'est pour ça que tu parles si bien le français?

LUI

C'est pour ça. Pour lire la Révolution française.

(Ils rient. Elle ne s'étonne pas.* Ne pas oublier que seul un homme de gauche peut dire ce qu'il vient de dire.*)

LUI

Qu'est-ce que c'est le film dans lequel tu joues?

ELLE

Un film sur la Paix.

la Croix-Rouge ———

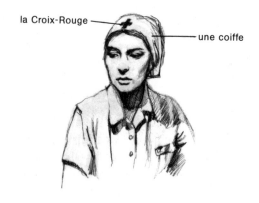

——— une coiffe

Qu'est-ce que tu veux qu'on tourne à Hiroshima sinon un film sur la Paix?

LUI

Je voudrais te revoir.

(Elle fait signe que non.)

ELLE

A cette heure-ci, demain, je serai repartie pour la France.

26

LUI

C'est vrai? Tu ne m'avais pas dit.

ELLE

C'est vrai. (Un temps.) C'était pas la peine que je te le *dise.*

(Il devient sérieux, dans sa *stupéfaction.*)

LUI

C'est pour ça que tu m'as laissé monter dans ta chambre hier soir?... parce que c'était ton dernier jour à Hiroshima?

ELLE

Pas du tout. Je n'y ai même pas pensé.

LUI

Quand tu parles, je me demande si tu *mens* ou si tu as dit la *vérité.*

ELLE

Je mens. Et je dis la vérité. Mais à toi je n'ai pas de raisons de mentir. Pourquoi?...

LUI

Dis-moi..., ça t'arrive souvent des histoires comme... celle-ci?

ELLE

Pas tellement souvent. Mais ça m'arrive. J'aime bien les garçons.

ELLE

Je suis d'une *moralité douteuse,* tu sais.

(Elle sourit.)

---

dise, (subjonctif) dis
la stupéfaction, étonnement profond, stupeur
mentir, dire des choses fausses
la vérité, une chose vraie, des choses vraies
la moralité, habitudes de vie individuelle
douteux, incertain; qui offre des doutes

Lᴜɪ

Qu'est-ce que tu appelles être d'une moralité douteuse?

(Ton très léger.)

Eʟʟᴇ

Douter de la morale des autres.

(Il rit beaucoup.)

Lᴜɪ

Je voudrais te revoir. Même si l'avion part demain matin. Même si tu es d'une moralité douteuse.

(Un temps. Celui de l'amour revenu.)

Eʟʟᴇ

Non.

Lᴜɪ

Pourquoi?

Eʟʟᴇ

Parce que.*

(Il ne parle plus.)

Eʟʟᴇ

Tu ne veux plus me parler?

Lᴜɪ (après un temps.)

Je voudrais te revoir.

(Ils sont dans le couloir de l'hôtel.)

Lᴜɪ

Où vas-tu en France? A Nevers?

Eʟʟᴇ

Non. A Paris. (Un temps.) A Nevers, non je ne vais plus jamais.

Lᴜɪ

Jamais?

Eʟʟᴇ

Jamais.

(Nevers est une ville qui me fait mal.)

28

(Nevers est une ville que je n'aime plus.)

(Nevers est une ville qui me fait peur.)

ELLE

C'est à Nevers que j'ai été le plus jeune de toute ma vie...

LUI

Jeune-à-Ne-vers.

ELLE

Oui. Jeune à Nevers. Et puis aussi, une fois, folle à Nevers. (Ils sont devant l'hôtel. Elle attend l'auto qui doit venir la prendre pour la mener place de la Paix. Il y a peu de monde. Mais les autos passent sans arrêt. C'est un boulevard. Dialogue presque crié à cause du bruit des autos.)

ELLE

Nevers, tu vois, c'est la ville du monde, et même c'est la chose du monde à laquelle, la nuit, je rêve le plus. En même temps que c'est la chose du monde à laquelle je pense le moins.

LUI

Comment c'était ta *folie* à Nevers?

ELLE

C'est comme l'intelligence, la folie, tu sais. On ne peut pas l'expliquer. Tout comme l'intelligence. Elle vous arrive dessus, elle vous remplit et alors on la comprend. Mais, quand elle vous quitte, on ne peut plus la comprendre du tout.

LUI

Tu étais méchante?

---

la folie, état d'esprit d'un fou

29

ELLE

C'était ça ma folie. J'étais folle de *méchanceté*. Il me semblait qu'on pouvait faire une *véritable* carrière dans la méchanceté. Rien ne me disait que la méchanceté. Tu comprends?

LUI

Oui.

ELLE

C'est vrai que ça aussi tu dois le comprendre.

LUI

Ça n'a jamais recommencé pour toi?

ELLE

Non. C'est fini (tout bas).

LUI

Pendant la guerre?

ELLE

Tout de suite après.

(Un temps.)

LUI

Ça faisait partie des difficultés de la vie française après la guerre?

ELLE

Oui, on peut le dire comme ça.

LUI

Quand cela a-t-il passé, pour toi, la folie?

(Trop bas :*)

ELLE

Petit à petit, ça s'est passé. Et puis quand j'ai eu des enfants... *forcément*.

---

la méchanceté, caractère d'une personne méchante
véritable, vrai
forcément, d'une manière nécessaire

LUI

Qu'est-ce que tu dis?

ELLE

Je dis que petit à petit ça s'est passé. Et puis quand j'ai eu des enfants ..., forcément ...

LUI

J'aimerais bien rester avec toi quelques jours, *quelque part,* une fois.

ELLE

Moi aussi.

LUI

Te revoir aujourd'hui*. En si peu de temps ce n'est pas revoir les gens. Je voudrais bien.

ELLE

Non.

(Elle s'arrête devant lui,* immobile, muette. Il accepte presque.)

LUI

Bon.

(Elle rit, c'est un peu forcé.*

Le taxi arrive.)

ELLE

C'est parce que tu sais que je pars demain.

(Il rit avec elle, mais moins qu'elle. Après un temps.)

LUI

C'est possible que ce *soit* aussi pour ça. Mais c'est une raison comme une autre, non? L'idée de ne plus te revoir ... jamais ... dans quelques heures.

---

quelque part, en quelque lieu
soit, (subjonctif) est

un carrefour

(L'auto est arrivée et s'est arrêtée au *carrefour*. Elle fait signe qu'elle arrive. Elle prend son temps, regarde le Japonais et dit :

ELLE

Non.

(Il la suit du regard. Peut-être sourit-il.)

Répondez!

1. Pour quelle raison est-ce que les deux amants vivent les événements encore plus intensément?

2. De quelles deux villes est-ce que la Française parle avant de s'habiller en infirmière?

3. Quel est le métier du Japonais?

4. Dites pourquoi la Française avait laissé monter le Japonais dans sa chambre d'hôtel!

5. Quelle est la réponse de la Française quand le Japonais lui demande où elle va?

6. Où est-ce que les deux amants arrivent après leur sortie de l'hôtel?

7. La Française parle de «certaines difficultés» qu'elle avait eues pendant la guerre. Qu'est-ce qu'elle en dit?

PARTIE III
Analyse

Malgré le refus de la Française de revoir son amant, ils se rencontrent encore l'après-midi, place de la Paix. On vient de tourner le film «Les enfants de Hiroshima», on n'a plus qu'à tourner des scènes de foule, mais pour la Française c'est fini. Le Japonais vient pour la revoir encore, et cela justement à l'heure de la dernière *séquence* du film : un *défilé* d'enfants. Le Japonais dit à la Française qu'il l'aime, et elle va venir avec lui encore une fois. Ils se retrouvent dans une grande pièce d'une maison japonaise, où ils parlent de leurs vies respectives. Le Japonais dit qu'il est heureux avec sa femme, qui se trouve à la montagne. La Française dit à son tour qu'elle est heureuse avec son mari, puis elle raconte enfin ce qui lui était arrivé à Nevers. Son amant de cette époque avait été un soldat allemand, elle avait eu dix-huit ans et l'Allemand en avait eu vingt-trois. A la fin de la guerre on avait tué l'Allemand, dans la *fièvre* de la *Libération.*

Après cet *aveu* la Française est très *énervée,* et le Japonais l'emmène dans un café. Il y a encore seize heures avant le départ, et il leur reste à tuer ce temps.

PARTIE III

(Il est quatre heures de l'après-midi, place de la Paix à

---

une séquence, scène (cinématographique)
un défilé, marche collective de personnes
la fièvre, (ici :) enthousiasme et fanatisme
la libération, action de rendre libre, de libérer
un aveu, action de reconnaître certains faits difficiles
énervé, le contraire de calme

Hiroshima.*

Des ouvriers japonais *démontent* l'estrade officiel qui vient de servir de *cadre* à la dernière séquence du film.*

Des *machinistes* portant des *pancartes* en différentes langues, en japonais, en français, en allemand, etc. . . . «JAMAIS PLUS HIROSHIMA», *circulent.*

Donc les ouvriers s'occupent à *défaire* les tribunes officielles.* Dans le décor, nous retrouvons la Française. Elle dort. Sa coiffe d'infirmière est à moitié défaite.*

On comprend qu'on vient de tourner à Hiroshima un film* sur la Paix.* La foule passe à côté de la place où vient de se tourner le film. Cette foule est *indifférente.* Sauf quelques enfants, personne ne regarde, on a l'habitude à Hiroshima de voir tourner des films sur Hiroshima.

— un machiniste

---

démonter (une machine, etc.), le contraire de monter
le cadre, décor
une pancarte, voir illustration page 36
circuler, aller et venir
défaire, réduire à l'état d'éléments; le contraire d'arranger
indifférent, qui ne s'intéresse pas

une pancarte

Cependant, un homme passe, il s'arrête et regarde. C'est celui que nous avons quitté un moment avant dans la chambre d'hôtel qu'habite la Française.

Le Japonais s'approchera de l'infirmière, il la regardera dormir. C'est le regard du Japonais sur elle qui finira par la réveiller.*

Elle se réveille. Sa fatigue *s'évanouit.* On retombe dans leur histoire personnelle d'un seul coup. Toujours cette histoire personnelle *l'emportera sur* l'histoire* de Hiroshima.

---

s'évanouir, disparaître
l'emporter sur, (ici :) être plus important que

Elle se relève et va vers lui. Ils rient.* Puis ils redeviennent sérieux.)

Lui
Tu étais facile à retrouver à Hiroshima.

(Elle a un rire heureux.

Un temps. Il la regarde *de nouveau*.

Entre eux passent deux ou quatre ouvriers qui portent une photographie très agrandie qui représente le plan de la mère morte et de l'enfant qui pleure, dans les ruines fumantes de Hiroshima. Ils ne regardent pas la photo qui passe.*)

Lui
C'est un film français?

Elle
Non. International. Sur la paix.

Lui
C'est fini.

Elle
Pour moi, oui, c'est fini. On va tourner les scènes de foule... Il y a bien des films *publicitaires* sur le *savon*. Alors... à force... peut-être.

du savon

Lui
Oui, à force. Ici, à Hiroshima, on ne se moque pas des films sur la Paix.

---

de nouveau, une fois de plus
publicitaire, de réclame

(Il se retourne vers elle. Les photographies sont complètement passées.* Elle réajuste sa coiffe qui s'est défaite dans le sommeil.)

LUI

Tu es fatiguée?

(Elle le regarde de façon assez *provocante* et douce *à la fois.* Elle dit dans un sourire *douloureux,* précis :)

ELLE

Comme toi.

(Il la fixe de façon qui ne trompe pas et lui dit :)

LUI

J'ai pensé à Nevers en France.

(Elle sourit. Il ajoute :)

LUI

J'ai pensé à toi.

(Il ajoute encore :)

LUI

C'est toujours demain, ton avion?

ELLE

Toujours demain.

LUI

Demain absolument?

ELLE

Oui. Le film a du retard. On m'attend à Paris depuis déjà un mois.

(Elle le regarde en face. Lentement, il lui enlève sa coiffe d'infirmière.* Et elle le laisse lui enlever sa coiffe, elle se laisse faire comme elle a dû se laisser faire.*

---

provocant, (ici :) qui conduit au désir
à la fois, en même temps
douloureux, qui cause de la peine; qui cause de la douleur

Elle relève les yeux sur lui. Il dit avec une très grande lenteur :)

Lui

Tu me donnes beaucoup l'envie d'aimer.

(Elle ne répond pas tout de suite.* Elle dit, les yeux baissés, très lentement aussi (même lenteur).

Elle

Toujours ... les amours de ... rencontre ... Moi aussi ...

Lui

Non. Pas toujours aussi fort. Tu le sais.

(On entend des cris, au loin. Puis des chants *enfantins.**Elle lève les yeux encore, mais cette fois vers le ciel. Et elle dit :*)

Elle

On dit qu'il va faire de l'orage avant la nuit.

(On voit le ciel qu'elle voit. Des *nuages* roulent ... Les chants se précisent. Puis commence (la fin) du défilé.

Ils se sont reculés. Elle* met une main sur son épaule. Son visage est contre ses cheveux. Lorsqu'elle lève les yeux elle le voit.* Sur les enfants cependant elle s'arrêtera tout à fait, fascinée.

Défilé de jeunes gens portant des pancartes.)

---

enfantin, (ici :) d'enfants
un nuage, voir illustration page 41

Ire série pancartes

1re pancarte :

Si une bombe atomi-que *vaut* 20 000 bombes ordinaires.

2e pancarte:

Et si la bombe H vaut 1 500 fois la bombe ato-mique.

3e pancarte :

Combien valent les 40 000 bombes A et H *fabriquées* actuellement dans le monde?

4e pancarte :

Si 10 bombes H lâchées sur le monde c'est la *préhistoire*.

5e pancarte :

40 000 bombes H et A c'est quoi?

2e série pancartes

I

Ce résultat *prestigieux* fait honneur à l'intelli-gence *scientifique* de l'homme.

II

Mais il est *regrettable* que l'intelligence politi-que de l'homme soit 100 fois moins développée que son intelligence scientifique.

III

Et nous *prive* à ce point d'admirer l'homme.

---

valoir, être égal à
prestigieux, qui a du prestige
scientifique, ayant rapport à l'ensemble des connaissances de l'homme
fabriquer, faire
regrettable, à regretter
la préhistoire, époque avant les temps dits historiques
priver, (ici :) refuser

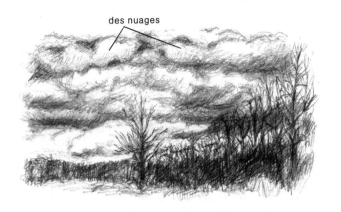

des nuages

2ᵉ série
(1ʳᵉ pancarte :
(Une photo de *fourmi*.)
Nous, nous ne *craignons*
pas la bombe H.)

2ᵉ pancarte :
(Voici le cri des 160
millions des *Syndiqués* de
l'Europe.)

3ᵉ pancarte :
(Voici le cri des
100 000 *cadavres envolés*
de HIROSHIMA.)

---

une fourmi, voir illustration page 42
craindre, avoir peur de
un syndiqué, membre d'un groupe ayant pour objet de défendre
des intérêts communs
un cadavre, corps mort
s'envoler, prendre son vol

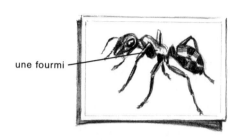

une fourmi

(Des femmes, des hommes, suivent les enfants qui chantent. Des chiens suivent les enfants.

Des chats sont aux fenêtres. (Celui de la place de la Paix a l'habitude et il dort.)

Pancartes. Pancartes.

Tout le monde a très chaud.

Le ciel, au-dessus des défilés, est sombre. Le soleil est caché par les nuages.

Les enfants sont nombreux, beaux. Ils ont chaud et chantent avec la bonne *volonté* de l'*enfance*.

Le Japonais* pousse la Française dans le même sens que le défilé.*)

LUI

Je n'aime pas penser à ton départ. Demain. Je crois que je t'aime.

(*Le Japonais *enfouit* sa bouche dans ses cheveux, mange ses cheveux, discrètement. La main sur l'épaule est serrée. Elle ouvre lentement ses yeux.

Le défilé continue.

Les enfants sont *fardés* en blanc.* Deux d'entre eux

---

la volonté, ce que veut quelqu'un
l'enfance, les enfants
enfouir, mettre
farder, couvrir de couleur

se disputent une orange. Ils sont en colère.)

ELLE

Pourquoi les a-t-on fardés comme ça?

LUI

Pour qu'ils se ressemblent, les enfants d'Hiroshima.

(Ces paroles sont prononcées sur les enfants.*)

ELLE

Pourquoi?

LUI

Parce que les enfants brûlés d'Hiroshima se ressemblaient.

(*Ils se regardent*. Il dit :)

LUI

Tu vas venir avec moi encore une fois.

(Elle ne répond pas*.)

LUI

Réponds-moi.

(Elle ne répond pas. Il se penche et à l'oreille :)

LUI

Tu as peur?

(Elle sourit. Fait «non» de la tête.)

ELLE

Non.

(*Ils ont un regard de *détresse.* Lui, la regardant, elle, regardant le défilé.* Ils ne se disent plus rien. Il l'*entraîne* par la main. Elle se laisse faire. Ils partent*. On les perd de vue. Nous la retrouvons debout au milieu d'une grande pièce d'une maison japonaise.* Lumière douce.* La maison est moderne. Il y a des fauteuils, etc.

---

la détresse, malheur
entraîner, emmener de force avec soi

La Française se tient là comme une invitée. Elle est presque *intimidée*. Il vient vers elle du fond de la pièce (on peut supposer qu'il vient de fermer une porte, ou du garage, peu importe). Il dit :)

LUI

Assieds-toi.

(Elle ne s'assied pas. Ils restent debout tous les deux.* Elle demande, mais pour dire quelque chose :)

ELLE

Tu es tout seul à Hiroshima? . . . ta femme, où elle est?

LUI

Elle est à Unzen, à la montagne. Je suis seul.

ELLE

Elle revient quand?

LUI

Ces jours-ci.

(Elle continue, bas*.)

ELLE

Comment elle est, ta femme?

LUI

Belle. Je suis un homme qui est heureux avec sa femme.

(Un temps.)

ELLE

Moi aussi je suis une femme qui est heureuse avec son mari.

LUI

*(A ce moment-là, le téléphone sonne.)

Il s'approche d'elle comme s'il lui tombait dessus. Elle le regarde arriver sur elle et dit :)

---

intimider, remplir de peur

ELLE

Tu ne travailles pas l'après-midi?

LUI

Oui. Beaucoup. Surtout l'après-midi.

ELLE

C'est une histoire idiote.

(*Ils s'embrassent pendant la *sonnerie* du téléphone qui continue. Il ne répond pas.)

ELLE

C'est pour moi que tu perds ton après-midi?

(Il ne répond toujours pas.)

ELLE

Mais dis-le, qu'est-ce que ça peut faire?

(A Hiroshima. Ils sont ensemble.* Du temps a passé.)

LUI

Il était français, l'homme que tu as aimé pendant la guerre?

ELLE

Non . . . il n'était pas français.

ELLE

Oui, c'etait à Nevers.

ELLE

On s'est d'abord rencontré dans des *granges.* Puis dans

une grange

---

une sonnerie, bruit de ce qui sonne

45

des ruines. Et puis dans des chambres. Comme partout.

(A Hiroshima. Dans la chambre, la lumière a encore baissé. On les retrouve dans une *pose* d'*enlacement* presque calme.)

ELLE

Et puis, il est mort.

ELLE

Moi dix-huit ans et lui vingt-trois ans.

ELLE

Pourquoi parler de lui plutôt que d'autres?

LUI

Pourquoi pas?

ELLE

Non. Pourquoi?

LUI

A cause de Nevers, je peux seulement commencer à te connaître. Et, entre les *milliers* et les milliers de choses de ta vie, je choisis Nevers.

ELLE

Comme autre chose?

LUI

Oui.

(Est-ce qu'on voit qu'il ment? On s'en doute.

Elle, elle devient presque *violente**(moment un peu fou).

ELLE

Non. Ce n'est pas un hasard. (Un temps.) C'est toi qui

---

une pose, position
un enlacement, embrassement
un millier, nombre de mille ou d'environ mille
violent, le contraire de doux

dois me dire pourquoi.

LUI

C'est là, il me semble l'avoir compris que tu es si jeune . . . si jeune, que tu n'es encore à personne précisément. Cela me plaît.

ELLE

Non, ce n'est pas ça.

LUI

C'est là, il me semble l'avoir compris, que *j'ai failli* . . . te perdre . . . et que j'ai risqué ne jamais te connaître.

LUI

C'est là, il me semble l'avoir compris, que tu as dû commencer à être comme aujourd'hui tu es encore.

ELLE

Je veux partir d'ici.

(En même temps qu'elle *s'est agrippée* à lui presque *sauvagement.* Ils sont dans la pièce où ils étaient *tout à l'heure.** Cette pièce est maintenant éclairée. Ils sont debout tous les deux. Il dit, calme, calme . . .

LUI

Il ne nous reste plus maintenant qu'à tuer le temps qui nous sépare de ton départ. Encore seize heures pour ton avion.

(Elle dit dans l'*affolement,* dans la détresse :)

ELLE

C'est énorme . . .

(Il répond, doucement :)

---

j'ai failli (perdre, etc.), j'ai presque (perdu, etc.)
s'agripper à, saisir
sauvagement, d'une manière barbare
tout à l'heure, il y a très peu de temps
l'affolement, peur; inquiétude

LUI

Non. Il ne faut pas que tu *aies* peur.

Répondez!

1. Où est-ce qu'on tourne le film sur la Paix?

2. Quelle est la dernière séquence du film que va voir le Japonais?

3. Où est la femme du Japonais?

4. Qui avait été l'amant de la Française à l'époque de la guerre?

5. Pourquoi est-ce qu'on avait tué cet amant?

6. Où est-ce que le Japonais emmène la Française après l'aveu qu'elle avait fait?

---

aies, (subjonctif) as

PARTIE IV
Analyse

Le café américanisé est en face du fleuve, avec une grande *baie :* c'est là que finit Hiroshima et que commence le Pacifique. Ils restent ici quelques heures, et elle raconte comment à la Libération de Nevers elle avait été *tondue* après qu'on avait tué le soldat allemand. Son père, qui tenait une pharmacie, avait décidé de la cacher dans la cave de la maison, on la faisait passer pour morte, loin de Nevers : c'est que ses parents la croyaient *déshonorée.* Dans la cave elle n'avait plus rien su; comme elle raconte ces souvenirs, le Japonais voit qu'elle a encore peur. La nuit, la mère de la Française inspectait sa tête, où les cheveux recommençaient de pousser. Les souvenirs deviennent plus nets : elle avait crié «maman!» quand on l'avait tondue. Autre mauvais souvenir : elle était restée près du corps de l'Allemand (tué par des coups de feu venant d'un jardin) toute la journée et puis toute la nuit suivante. On était venu plus tard pour enlever le corps, qu'on avait mis dans un *camion.*

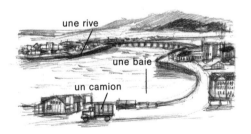

tondre, couper les cheveux à
déshonorer, salir; rendre sale

Quand un beau jour elle n'avait plus crié dans la cave et qu' *en outre* ses cheveux avaient normalement poussé, ses parents l'avaient laissé sortir et lui avaient donné de l'argent et une bicyclette pour partir pour Paris dans la nuit. Arrivée à Paris deux jours après, elle avait appris que la première bombe atomique venait de tomber sur Hiroshima. Le Japonais demande alors si le mari de la Française connaissait cette histoire de Nevers, et elle répond que ce n'était pas le cas. Le Japonais est heureux de savoir maintenant qu'il est le seul à la connaître. La Française dit qu'un jour elle ne s'en souviendra plus elle-même, et le Japonais dit que dans ce cas il pensera surtout à cette histoire comme à l'horreur de l'oubli.

Puis *c'est la fermeture* du café, et la Française dit qu'elle doit s'en aller; elle rentre à l'hôtel seule, et elle commence déjà de *confondre* les deux histoires d'amour : celle du soldat allemand et celle du Japonais.

PARTIE IV

(Sur le fleuve, à Hiroshima, la nuit tombe.*

Le fleuve se vide et se remplit suivant les heures.*

Un café est en face de ce fleuve. C'est un café moderne, américanisé avec une grande baie. Lorsqu'on est assis dans le fond du café, on ne voit plus les *rives* du fleuve, mais seulement le fleuve lui-même.*

---

en outre, en plus de cela
c'est la fermeture de, on ferme
confondre, prendre une chose pour une autre
une rive, voir illustration page 49

C'est là que finit Hiroshima et commence le Pacifique.
L'endroit est à moitié vide. Ils sont assis à une table au
fond de la salle. Ils sont l'un en face de l'autre, *soit joue*
contre joue, soit front contre front. On vient de les quitter dans la détresse à l'idee des seize heures qui les
séparent de leur séparation définitive. On les retrouve
presque dans le bonheur. Le temps passe sans qu'ils
s'en aperçoivent. Un miracle s'est produit,* la *résurgence* de Nevers. Et la première chose qu'il dit,* c'est :

LUI

Ça ne veut rien dire, en français, Nevers, autrement ?

ELLE

Rien. Non.*

ELLE

A Nevers les caves sont froides, été comme hiver. La
ville *s'étage* le long d'un fleuve qu'on appelle la Loire.

une joue —

---

soit, ou
la résurgence, le fait de résurgir
s'étager, se situer à des niveaux différents

LUI

Je ne peux pas *imaginer* Nevers.

   (Nevers. La Loire.)

ELLE

Nevers. Quarante mille habitants. Bâti comme une capitale – (mais). Un enfant peut en faire le tour.* Je suis née à Nevers (elle boit), j'ai *grandi* à Nevers. J'ai appris à lire à Nevers. Et c'est là que j'ai eu vingt ans.

LUI

Et la Loire ?

   (Il lui prend la tête dans les mains.)

ELLE

C'est un fleuve sans navigation aucune, toujours vide, à cause de* ses bancs de sable. En France, la Loire passe pour un fleuve très beau, à cause surtout de sa lumière ... tellement douce, si tu savais.

   (*Il lui lâche la tête, écoute très intensément.)

LUI

Quand tu es dans la cave, je suis mort ?

ELLE

Tu es mort ... et ...

ELLE

... comment *supporter* une telle douleur ?

ELLE

La cave est petite.

   (Pour faire de ses mains le geste de la mesurer, elle se retire de sa joue. Et elle continue, très près de sa figure, mais non plus collée à elle.* Elle s'adresse à lui très passionnément.)

---

imaginer, se représenter dans l'esprit
grandir, devenir plus grand
supporter, porter le poids de

ELLE

... très petite.

ELLE

LA MARSEILLAISE passe au-dessus de ma tête...
C'est *assourdissant*.

(Elle se *bouche* les oreilles, dans ce café à Hiroshima.
Il règne dans ce café un grand silence tout à coup.)

ELLE

Les mains deviennent inutiles dans des caves.* Elles
s'écorchent aux murs... à se faire *saigner*...

ELLE

... c'est tout ce qu'on peut trouver à faire pour se faire
du bien...

ELLE

... et aussi pour se rappeler...

ELLE

...J'aimais le sang depuis que j'avais goûté au tien.

(*Ils sont, tous deux, un peu comme des *possédés* de
Nevers. Il y a sur la table deux verres. Elle boit *avidement*. Lui plus lentement. Leurs mains sont posées sur
la table.

ELLE

La société me roule sur la tête. Au lieu du ciel... forcément...Je la vois marcher, cette société. Rapidement
pendant la semaine. Le dimanche, lentement. Elle ne
sait pas que je suis dans la cave. On me fait passer pour

---

assourdissant, très intense
boucher, fermer le trou de
s'écorcher, se blesser légèrement
saigner, perdre du sang
des possédés de..., (ici :) qui ne pensent plus qu'à...
avidement, (ici :) avec un grand besoin de boire

morte, morte loin de Nevers. Mon père préfère. Parce que je suis déshonorée, mon père préfère.

LUI

Tu cries?

ELLE

Au début, non, je ne crie pas. Je t'appelle doucement.

LUI

Mais je suis mort.

ELLE

Je t'appelle *quand même*. Même mort. Puis un jour, tout à coup, je crie, je crie très fort comme une sourde. C'est alors qu'on me met dans la cave.*

LUI

Tu cries quoi?

ELLE

Ton nom allemand. Seulement ton nom. Je n'ai plus qu'une seule *mémoire*, celle de ton nom.

ELLE

Je promets de ne plus crier. Alors on me remonte dans ma chambre.

ELLE

Je n'en peux plus d'avoir envie de toi.

LUI

Tu as peur?

ELLE

J'ai peur. Partout. Dans la cave. Dans la chambre.

LUI

De quoi?

---

quand même, cependant; pourtant
la mémoire de, le souvenir de

ELLE
De ne plus te revoir, jamais, jamais.
   (Ils se rapprochent de nouveau comme au début de
la scène.)
ELLE
Un jour, j'ai vingt ans. C'est dans la cave, ma mère
vient et me dit que j'ai vingt ans. (Un temps, comme
pour se souvenir.) Ma mère pleure.
LUI
Tu *craches* au visage de ta mère?
ELLE
Oui.
   (Comme s'ils savaient ensemble ces choses.)
   (Il *se détache d'*elle.)
LUI
Bois.

elle crache

---

se détacher de, se séparer de

ELLE

Oui.

(Il tient le verre, la fait boire.* Et tout à coup :)

ELLE

Après, je ne sais plus rien. Je ne sais plus rien...

LUI

Ce sont des caves très anciennes, très *humides,* les caves de Nevers... tu disais... (Elle se laisse prendre au *piège.*)

un piège

ELLE

Oui. Pleines de salpètre. (Je suis devenue une imbécile.)

ELLE

Quelquefois un chat entre et regarde. Ce n'est pas méchant. Je ne sais plus rien.

ELLE

Après je ne sais plus rien.

LUI

Combien de temps?

ELLE

L'*éternité.* (Avec évidence.)

---

humide, chargé d'eau
l'éternité, (ici :) temps extrêmement long

56

(Quelqu'un, un homme tout seul, met un disque musette français dans le juke-box. Pour que dure le miracle de l'oubli de Nevers, pour que rien ne «bouge», le Japonais verse le *contenu* de son verre dans celui de la Française.

Quand elle entend le disque musette,* elle sourit et elle crie.)

ELLE

Ah! Que j'ai été jeune un jour.

ELLE

La nuit . . . ma mère me fait descendre dans le jardin. Elle regarde ma tête. Chaque nuit elle regarde ma tête avec attention. Elle n'ose pas encore s'approcher de moi . . . C'est la nuit que je peux regarder la place, alors je la regarde. Elle est *immense.* (gestes)! *On dirait un lac.

ELLE

C'est à l'*aurore* que le sommeil vient.

l'aurore

---

le contenu de, ce qui était dans
immense, énorme; colossal; très grand
l'aurore, moment ou le soleil va se lever

LUI

Parfois il pleut?

ELLE

... le long des murs.

   (Elle cherche, elle cherche, elle cherche.)

ELLE

Je pense à toi. Mais je ne le dis plus.*

   (Ils se rapprochent.)

LUI

Folle.

ELLE

Je suis folle d'amour pour toi. (Un temps.) Mes cheveux repoussent. A ma main, chaque jour, je le sens.
Ça m'est égal. Mais quand même, mes cheveux
repoussent...

LUI

Tu cries, avant la cave?

ELLE

Non. Je ne sens rien.

   (Ils sont joue contre joue, les yeux à moitié fermés, à
Hiroshima.)

ELLE

Ils sont jeunes. Ce sont des *héros* sans *imagination*. Ils
me tondent* jusqu'au bout. Ils croient de leur devoir
de bien tondre les femmes.

LUI

Tu *as honte* pour eux, mon amour? (Très net.)

ELLE

Non. Tu es mort. Je suis bien trop occupée à souffrir. Le

---

un héros, personnage auquel on prête un grand courage
l'imagination, fantaisie
avoir honte, (ici :) se sentir déshonoré

jour tombe. Je ne suis attentive qu'au bruit des *ciseaux* sur ma tête. Ça me *soulage* un tout petit peu . . . *de* . . . ta mort . . . comme . . . comme, ah! tiens, je ne peux pas mieux te dire, comme pour les *ongles*, les murs, de la colère.

des ciseaux

des ongles

Eʟʟᴇ

Ah! quelle douleur. Quelle douleur au cœur. C'est fou . . . On chante LA MARSEILLAISE dans toute la

---

soulager de, rendre moins douloureux

ville. Le jour tombe. Mon amour mort est un ennemi de la France. Quelqu'un dit qu'il faut la faire se promener en ville. La pharmacie de mon père est fermée pour cause de *déshonneur.* Je suis seule. Il y en a qui rient. Dans la nuit je rentre chez moi.

Lui

Et puis, un jour, mon amour, tu sors de l'éternité.

Elle

Oui, c'est long.

On m'a dit que c'avait été très long.

A six heures du soir, la cathédrale Saint-Étienne sonne, été comme hiver. Un jour, il est vrai, je l'entends. Je me souviens l'avoir entendue avant – avant – pendant que nous nous aimions, pendant notre bonheur.

Je commence à voir.

Je me souviens avoir déjà vu – avant – avant – pendant que nous nous aimions, pendant notre bonheur.

Je me souviens.

Je vois l'*encre.*

Je vois le jour.

Je vois ma vie. Ta mort.

Ma vie qui continue. Ta mort qui continue et que l'ombre gagne déjà moins vite les *angles* des murs de la chambre. Et que l'ombre gagne déjà moins vite les angles des murs de la cave. Vers six heures et demie.

L'hiver est terminé.

l'encre

---

le déshonneur, le contraire de «honneur»; honte

ELLE

Ah! C'est *horrible*. Je commence à moins bien me souvenir de toi.

(Il tient le verre et la fait boire.*)

ELLE

... Je commence à t'oublier. Je *tremble* d'avoir oublié tant d'amour...

... Encore (à boire).

ELLE

On devait se retrouver à midi sur le quai de la Loire. Je devais repartir avec lui.

Quand je suis arrivée à midi sur le quai de la Loire, il n'était pas tout à fait mort.

Quelqu'un avait tiré d'un jardin.

ELLE

Je suis restée près de son corps toute la journée et puis toute la nuit suivante. Le lendemain matin on est venu le *ramasser* et on l'a mis dans un camion.

un angle ———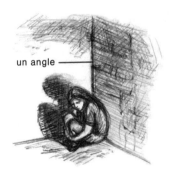

---

horrible, ce qui fait horreur
trembler, (ici :) avoir peur
ramasser, enlever

C'est dans cette nuit-là que Nevers a été libérée. Les *cloches* de l'église Saint-Étienne sonnaient... sonnaient... Il est devenu froid peu à peu sous moi. Ah! qu'est-ce qu'il a été long à mourir. Quand? Je ne sais plus au juste. J'étais couchée sur lui... oui... le moment de sa mort m'a *échappé* vraiment puisque... puisque même à ce moment-là, et même après, oui, même après, je peux dire que je n'arrivais pas à trouver la moindre différence entre ce corps mort et le mien... Je ne pouvais trouver entre ce corps et le mien que des *ressemblances... hurlantes,* tu comprends? C'était mon premier amour... (crié).

une cloche

échapper à, (ici :) ne pas être vu par
une ressemblance, le contraire de différence
hurlant, qui produit un effet terrible

(Le Japonais lui envoie une *gifle*. (Ou bien, comme on voudra, il lui écrase les mains dans les siennes.) Elle agit comme si elle ne savait pas d'où lui vient ce mal. Mais elle se réveille. Et fait comme si elle comprenait que ce mal était nécessaire.)

ELLE

Et puis un jour. . .J'avais crié encore. Alors on m'avait mise dans la cave.

(Sa voix reprend son rythme.*)

ELLE

. . . Elle était chaude . . .

(Il la laisse parler sans comprendre. Elle reprend.)

ELLE

(Un temps.) Je crois que c'est à ce moment-là que je suis sortie de la méchanceté.

(Temps.)

Je ne crie plus.

(Temps.)

Je deviens *raisonnable*. On dit: «Elle devient raisonnable.»

(Temps.)

Une nuit, une fête, on me laisse sortir.

C'est le bord de la Loire. C'est l'aurore. Des gens passent sur le pont plus ou moins nombreux suivant les heures. De loin, ce n'est personne.

ELLE

Ce n'est pas tellement longtemps après que ma mère m'annonce qu'il faut que je m'en *aille,* dans la nuit, à

---

une gifle, coup, donné avec la main ouverte, sur la joue
raisonnable, intelligent; sage; normal
aille, (subjonctif) vais

Paris. Elle me donne de l'argent. Je pars pour Paris à bicyclette, la nuit. C'est l'été. Les nuits sont bonnes.

Quand j'arrive à Paris, le *surlendemain,* le nom de Hiroshima est sur tous les journaux.*

Je suis dans la rue avec les gens.

(Quelqu'un a remis le disque de musette dans le juke-box. Elle ajoute. Comme si elle se réveillait.)

ELLE

Quatorze ans ont passé.

(Il lui sert à boire. Elle boit. Elle redevient* très calme.)

ELLE

Même des mains je me souviens mal . . . De la douleur, je me souviens encore un peu.

LUI

Ce soir?

ELLE

Oui, ce soir, je m'en souviens. Mais un jour, je ne m'en souviendrai plus. Du tout. De rien.

(Elle lève la tête sur lui à ce moment-là.)

ELLE

Demain à cette heure-ci je serai à des milliers de kilomètres de toi.

LUI

Ton mari, il sait cette histoire?

(Elle hésite.)

ELLE

Non.

LUI

Il n'y a que moi, alors?

---

le surlendemain, jour qui suit le lendemain

ELLE
Oui.

(Il se lève de la table, la prend dans ses bras.* Les gens regardent. Ils ne comprennent pas. Il est dans une joie violente. Il rit :)

LUI

Il n'y a que moi qui *sache*. Moi seulement.

(En même temps qu'elle ferme les yeux, elle dit :)

ELLE

Tais-toi.

(Elle se rapproche encore plus de lui. Elle lève sa main, et, très légèrement, elle lui caresse la bouche avec sa main. Elle dit, presque dans un bonheur *soudain* :)

ELLE

Ah! Que c'est bon d'être avec quelqu'un quelquefois.

(Ils se séparent, très lentement.)

LUI

Oui (avec ses doigts sur sa bouche).

(*Elle a retiré sa main restée sur la bouche. Lui, n'avait pas oublié l'heure. Il dit :)

LUI

Parle encore.

ELLE

Oui.

(Elle cherche. N'y arrive pas.)

LUI

Parle.

ELLE

J'ai l'honneur d'avoir été déshonorée. Le rasoir sur la

---

sache, (subjonctif) sais
soudain, brusque; qui se produit en très peu de temps

tête, on a, de la *bêtise,* une intelligence extraordinaire... Je désire avoir vécu cet instant-là. Cet *incomparable* instant. (Il dit, retiré du moment présent :)

LUI

Dans quelques années, quand je t'aurai oubliée, et que d'autres histoires comme celle-là, par la force encore de l'habitude, arriveront encore, je me souviendrai de toi comme de l'oubli de l'amour même. Je penserai à cette histoire comme à l'horreur de l'oubli. Je le sais déjà.

(Des gens entrent dans le café. Elle les regarde et demande :*)

ELLE

La nuit, ça ne s'arrête jamais, à Hiroshima?

(Ils entrent dans une comédie dernière. Mais elle s'y laisse prendre. Cependant qu'il répond.*)

LUI

Jamais ça ne s'arrête, à Hiroshima.

(Elle sourit. Et, dans une extrême douceur, dans une détresse souriante, elle dit :*)

ELLE

Comme ça me plaît... les villes où toujours il y a des gens qui sont réveillés, la nuit, le jour...

(La *patronne* au bar éteint une lampe. Le disque s'est terminé. Ils sont presque dans la *pénombre.**

Quand ils relèvent les yeux, ils sourient cependant

---

la bêtise, le contraire de «intelligence»
incomparable, sans pareil
le patron, la patronne, chef
la pénombre, lumière faible

«pour ne pas pleurer» au sens le plus couru de l'*expression*.

   Elle se lève. Il ne fait aucun geste pour la retenir.
   Ils sont dehors, dans la nuit, devant le café.
   Elle se tient debout devant lui.)

ELLE
Il faut éviter de penser à ces difficultés que présente le monde, quelquefois.

   (*Une dernière lampe s'éteint dans le café, très près.
Ils ont les yeux baissés.*)

ELLE
Éloigne-toi de moi.

   (Il s'éloigne. Regarde le ciel au loin et dit :)

LUI
Le jour n'est pas encore levé...

ELLE
Non. (Un temps.) Il est probable que nous mourrons sans nous être jamais revus?

LUI
Il est probable, oui. (Un temps.) Sauf, peut-être, un jour, la guerre...

   (Un temps.
   Elle répond. Marquer l'ironie.)

ELLE
Oui, la guerre...

---

l'expression, (ici :) le mot

Répondez!

1. Qu'est-ce qui était arrivé à la Française à la libération de Nevers?

2. Qu'est-ce que le père de la jeune Française avait fait quand sa fille était «déshonorée»?

3. Parfois la mère inspectait la tête de sa fille déshonorée. Pourquoi?

4. Combien de temps est-ce que la jeune Française était restée près du corps de son amant tué?

5. Où est-ce qu'on avait mis enfin le corps de l'Allemand tué?

6. Arrivée à Paris après être sortie de la cave, la jeune Française apprend une nouvelle. Laquelle?

7. La Française dit au Japonais qu'un jour elle ne se souviendra plus des événements de Nevers. Quelle est la réaction du Japonais?

8. Quelles sont les deux choses que la Française commence déjà de confondre?

PARTIE V
Analyse

Rentrée à l'hôtel, la Française pense encore à son amour d'autrefois; le soldat allemand venait de Bavière. Après quatorze ans elle a retrouvé le goût d'un amour impossible, cette fois pour un Japonais qu'elle ne devait plus jamais revoir. Elle s'assied sur un banc près du café où ils étaient ensemble un moment avant. Elle entend une voix : «Reste à Hiroshima!», le Japonais est près d'elle; malgré elle, elle le *fuit* encore. Elle confond Nevers et Hiroshima et elle se répète que les noms des deux amants finiront par disparaître tout à fait. Elle retourne vers le café, qui cette fois est fermé; le Japonais la suit tout le temps. Arrivée enfin à la gare de Hiroshima, elle s'assied dans la *salle d'attente;* le Japonais y est entré aussi «comme une ombre», et il s'assied en face de la Française. Une vieille femme lui demande qui est cette étrangère, et le Japonais répond que c'est une Française prête à quitter le Japon. Et il ajoute : «Nous sommes tristes de nous quitter».

Les deux amants ne trouvent plus un mot à se dire parce que le départ est tout *proche.* La Française part et monte dans un taxi pour s'arrêter devant un petit café ouvert la nuit. Elle s'assied à une table, le Japonais s'assied en face d'elle à une autre table. Un Japonais inconnu parle à la Française en anglais et elle le laisse parler pour perdre son amant d'une nuit. De temps en

---

fuir, (ici :) chercher à éviter
une salle d'attente, voir illustration page 70
proche, le contraire de loin

une salle d'attente

temps elle regarde cet amant «déjà perdu», et il la regarde à son tour. Elle s'en va et rentre dans sa chambre, où le Japonais viendra lui aussi; ils sont debout sans se toucher, ils ne font que se regarder.

Tout à coup elle *s'écrie :* «Je t'oublierai! Je t'oublie déjà!» Le Japonais la regarde, la Française le regarde à son tour et l'appelle doucement, et elle, «elle l'appelle au loin, dans l'*émerveillement*.» Le Japonais est déjà tombé dans l'oubli universel, et elle en est émerveillée.

Le *désastre* de la femme tondue à Nevers et celui de

---

s'écrier, faire un grand cri
l'émerveillement, étonnement
un désastre, catastrophe

Hiroshima *se rejoignent* enfin : la Française appelle le Japonais «Hiroshima» («C'est ton nom!») et il répond : «Ton nom à toi est Nevers. Ne-vers-en-France».

PARTIE V

(Encore une fois du temps a passé.

On la voit dans une rue. Elle marche vite.

Puis on la voit dans le hall de l'hôtel. Elle prend une clef. Puis on la voit dans l'escalier.

Puis on la voit ouvrir la porte de sa chambre.*

Puis on la voit refermer doucement la porte de cette chambre.

Monter l'escalier, le descendre, le remonter, etc.

Revenir sur ses pas. Aller et venir dans un couloir.* Revenir dans la chambre, tout à coup. Et cette fois, supporter le spectacle de cette chambre.

Elle va vers le *lavabo, se trempe* le visage dans l'eau.

elle se trempe
le visage

un lavabo

---

se rejoinde, le contraire de se séparer

Et on entend la première phrase de son dialogue intérieur :)

ELLE

On croit savoir. Et puis, non. Jamais.

ELLE

Apprendre la durée exacte du temps. Savoir comment le temps, parfois, *se précipite,* puis sa lente *retom-*
bée inutile*..., c'est aussi ça, sans doute, apprendre
l'intelligence.

ELLE

Elle a eu à Nevers un amour* allemand...

Nous irons en Bavière, mon amour, et nous nous
marierons. Elle n'est jamais allée en Bavière. (Elle se
regarde dans la glace.)

Que ceux quï ne sont jamais allés en Bavière osent
lui parler de l'amour.

Tu n'étais pas tout à fait mort.

J'ai raconté notre histoire.

Je t'ai trompé ce soir avec cet inconnu.

J'ai raconté notre histoire.

Elle était, vois-tu, *racontable.*

Quatorze ans que je n'avais pas retrouvé...le goût
d'un amour impossible.

Depuis Nevers.

Regarde comme je t'oublie...

– Regarde comme je t'ai oublié.

Regarde-moi.

(Par la fenêtre ouverte on voit Hiroshima recons-

---

se précipiter, aller vite; courir
la retombée, le fait de tomber de nouveau
racontable, qui peut être raconté

truit et *paisiblement* endormi.

Elle relève la tête brusquement, se voit dans la glace le visage trempé (comme de *larmes*). Et, cette fois, ferme les yeux, *dégoûtée*.

Elle s'essuie le visage, repart très vite, retraverse le hall. On la retrouve assise sur un banc* à une *vingtaine* de mètres du café où ils étaient ensemble un moment avant.

La lumière du restaurant (le restaurant) est dans ses yeux.* Elle* continue à regarder le café. Une seule lumière est allumée alors dans le bar. La salle dans laquelle ils étaient ensemble un moment avant est fermée. Par la porte du bar cette salle reçoit une faible *clarté* *qui* fait des ombres précises.*

une larme

Elle passe de l'ombre à la lumière, au hasard du passage des clients du bar. Cependant qu'elle conti-

---

paisiblement, tranquillement
dégoûté de, qui n'a plus de goût pour
une vingtaine, nombre de vingt ou d'environ vingt
une clarté, lumière

nue dans l'ombre, à regarder l'endroit.*

Elle ferme les yeux. Puis elle les rouvre. On croit qu'elle dort. Mais non. Quand elle les rouvre c'est tout d'un coup. Comme un chat. On entend sa voix, monologue intérieur :)

ELLE

Je vais rester à Hiroshima. Avec lui, chaque nuit. A Hiroshima.

(Elle ouvre les yeux.)

ELLE

Je vais rester là. Là.

(Elle quitte le café des yeux, regarde autour d'elle.)*

Le Japonais arrive près d'elle. Elle le voit, ne bouge pas, ne *réagit* pas. Leur *absence* de «l'un à l'autre» a commencé. Aucun étonnement. Il fume une cigarette. Il dit :

LUI

Reste à Hiroshima.

(Elle le regarde «en douce».)

ELLE

Bien sûr que je vais rester à Hiroshima avec toi.

ELLE

Que je suis malheureuse...

(Il se rapproche d'elle.)

ELLE

Je ne m'y attendais pas du tout, tu comprends...

ELLE

Va-t'en.

(Il s'éloigne tandis qu'il dit :)

---

réagir, agir en retour
l'absence, (ici :) éloignement; le contraire de présence

LUI

Impossible de te quitter.

(On les retrouve sur un boulevard.* Le boulevard est parfaitement droit.

Elle marche. Lui la suit. On peut les voir l'un, puis l'autre. Ils ont le même visage *désespéré.**Il lui dit doucement :)

LUI

Reste à Hiroshima avec moi.

(Elle ne répond pas. On entend sa voix alors, presque criée (du monologue intérieur).

ELLE

Je désire ne plus avoir de *patrie.* A mes enfants j'enseignerai la méchanceté et l'indifférence, l'intelligence et l'amour de la patrie des autres jusqu'à la mort.

ELLE

Il va venir vers moi, il va me prendre par les épaules, il m'em-bras-se-ra ...

ELLE

Il m'embrassera ... et je serai perdue.

(*On revient à lui. Et on s'aperçoit qu'il marche plus lentement pour lui laisser du champ. Qu'au contraire de revenir vers elle il s'en éloigne. Elle ne se retourne pas.)*

ELLE

Je te rencontre.

Je me souviens de toi.

Cette ville était faite à la taille de l'amour.

Tu étais fait à la taille de mon corps même.

---

désespéré, désolé
la patrie, pays où l'on est né

Qui es-tu?

Tu me tues.

Je me doutais bien qu'un jour tu me *tomberais* dessus.

Je t'attendais dans une impatience sans *borne,* calme.

Dévore-moi. *Déforme*-moi à ton image afin qu'aucun autre, après toi, ne *comprenne* plus du tout le pourquoi de tant de désir.

Nous allons rester seuls, mon amour.

La nuit ne va pas finir.

Le jour ne se lèvera plus sur personne.

Jamais. Jamais plus. Enfin.

Tu me tues.

Tu me fais du bien.

Nous pleurerons le jour *défunt.*

Nous n'aurons plus rien d'autre à faire, plus rien que pleurer le jour défunt.

Nous n'aurons plus rien d'autre à faire, plus rien que pleurer le jour défunt.

Du temps passera. Du temps seulement.

Et du temps va venir.

Du temps viendra. Où nous ne saurons plus du tout *nommer* ce qui nous *unira.* Le nom s'en effacera peu à

---

tomberais, allais tomber

une borne, limite; frontière

dévorer, manger avec fanatisme, avec passion

déformer, faire perdre sa forme (ses qualités naturelles, sa beauté) à . . .

comprenne, (subjonctif) comprend

défunt, mort

nommer, indiquer

unir, mettre ensemble; rapprocher

peu de notre mémoire.

Puis, il disparaîtra tout à fait.)

LUI

Peut-être que c'est possible, que tu restes.

ELLE

Tu le sais bien. Plus impossible encore que de se quitter.

LUI

Huit jours.

ELLE

Non.

LUI

Trois jours.

ELLE

Le temps de quoi? D'en vivre? D'en mourir?

LUI

Le temps de le savoir.

ELLE

Ça n'existe pas. Ni le temps d'en vivre. Ni le temps d'en mourir. Alors, *je m'en fous.**

(Nous la retrouvons installée sur une *banquette* de la salle d'attente de la gare de Hiroshima. Le temps a encore passé. A côté d'elle, une vieille femme japonaise attend. On entend la voix de la Française (monologue intérieur) :)

ELLE

Nevers que j'avais oublié, je voudrais te revoir ce soir. Je t'ai *incendié* chaque nuit pendant des mois tandis

---

se foutre de, se moquer de
une banquette, voir illustration page 78
incendier, mettre en feu

que mon corps s'incendiait à son souvenir.

(Le Japonais est entré comme une ombre et il s'est assis sur le même banc que la vieille femme, *à l'opposé de* la place où elle est. Il ne regarde pas la Française. Son visage est trempé de pluie. Sa bouche tremble légèrement.

une banquette

Elle
Tandis que mon corps s'incendie déjà à ton souvenir. Je voudrais revoir Nevers... la Loire.

Peupliers charmants de la Nièvre je vous donne à l'oubli.

(Le mot «charmants» doit être dit comme le mot amour.)

Histoire de quatre sous, je te donne à l'oubli.

Une nuit loin de toi et je t'attendais le jour comme une *délivrance*.

à l'opposé de, (ici :) en face de
la délivrance, soulagement; libération

des peupliers

Un jour sans ses yeux et elle en meurt.
Petite fille de Nevers.
Petite *coureuse* de Nevers.
Un jour sans ses mains et elle croit au malheur d'aimer.
Petite fille de rien.
Morte d'amour à Nevers.
Petite tondue de Nevers je te donne à l'oubli ce soir.
Histoire de quatre sous.
Comme pour lui, l'oubli commencera par tes yeux.
Pareil.
Puis, comme pour lui, l'oubli gagnera ta voix.
Pareil.
Puis, comme pour lui, il triomphera de toi tout entier, peu à peu.
Tu deviendras une chanson.
ELLE
Vers sept heures du soir, en été, deux foules *se croisent*

---

une coureuse, celle qui court
se croiser, se rencontrer

sur le boulevard de la République, paisiblement, dans le souci des achats. Des jeunes filles aux longs cheveux ne font plus de tort à leur patrie. Je voudrais revoir Nevers. Nevers. Bête à pleurer.

ELLE

C'est dans cette cave de Nevers que l'amour de cet homme m'est venu. Que l'amour de toi m'est venu.

Dans le quartier de Beausoleil où mon souvenir reste comme un exemple à ne plus suivre l'amour de toi m'est venu.

C'est parce que dans le quartier de Beausoleil mon souvenir est resté comme un exemple à ne pas suivre, que je suis devenue, un jour, libre de t'aimer.*

Beausoleil, je te salue,* Beausoleil, bête à pleurer.

(Le Japonais est séparé d'elle par cette vieille femme japonaise. Il prend une cigarette, se relève légèrement et tend le paquet à la Française.

«C'est tout ce que je peux pouvoir faire pour toi, t'offrir une cigarette, comme je l'offrirai à n'importe qui, à cette vieille femme». Elle ne fumera pas.

Il l'offre à la vieille femme, la lui allume.

La forêt de Nevers défile dans le *crépuscule*. Et Nevers. Tandis que le *haut-parleur* de la gare de Hiroshima annonce : «Hiroshima! Hiroshima!» sur les images de Nevers.

La Française semble s'être endormie. Ils *veillent sur* ce sommeil. Parlent bas.

C'est parce qu'elle la croit endormie que la vieille

---

le crépuscule, lumière incertaine qui vient immédiatement après le coucher du soleil
veiller sur, prêter grande attention à

un haut-parleur

femme *interroge* le Japonais.

VIEILLE FEMME

Qui c'est?

LUI

Une Française.

VIEILLE FEMME

Qu' est-ce qu'il y a?

LUI

Elle va quitter le Japon *tout à l'heure*. Nous sommes tristes de nous quitter.

(Elle n'est plus là. On la retrouve aux *abords* de la gare. Elle monte dans un taxi. S'arrête devant une *boîte de nuit*, «Le Casablanca». Devant laquelle il arrive à son tour.

Elle est seule à une table. Il s'assied à une autre table à l'opposé de l'endroit qu'elle occupe.

C'est la fin. La fin de la nuit *au terme de* laquelle ils se

---

interroger, adresser des questions à
tout à l'heure, (ici :) dans un moment
les abords, lieux voisins
une boîte de nuit, café où l'on présente un spectacle la nuit
au terme de, à la fin de

81

sépareront pour toujours.

Un Japonais qui était dans la salle va vers la Française et l'*aborde* ainsi (en anglais) :

LE JAPONAIS

Are you alone?

(Elle ne répond que par signes.*)

LE JAPONAIS

Do you mind talking with me a little?

(L'endroit est presque *désert*. Des gens s'ennuient.)

LE JAPONAIS

It is very late to be lonely?

(Elle se laisse aborder par un autre homme afin de perdre» celui que nous connaissons. Mais non seulement ce n'est pas possible, c'est inutile. Il est déjà perdu.

LE JAPONAIS

May I sit down?

LE JAPONAIS

Are you just visiting Hiroshima?

(De temps en temps, ils se regardent, très peu, c'est *abominable*.)

LE JAPONAIS

Do you like Japan?

LE JAPONAIS

Do you live in Paris?

(*Ce Japonais inconnu lui parle. Elle regarde l'autre. Le Japonais inconnu *cesse de* lui parler.

On la retrouve derrière la porte de la chambre. Elle

---

aborder quelqu'un, aller à quelqu'un pour lui adresser la parole
désert, vide
abominable, horrible
cesser de, s'arrêter de

82

a la main sur le cœur.

On frappe.

Elle ouvre.

Il dit :)

LUI

Impossible de ne pas venir.

(Ils sont debout, dans la chambre.

Debout l'un contre l'autre, mais les bras le long du corps, sans se toucher du tout.

La chambre est intacte.

Les *cendriers* sont vides.

L'aurore est tout à fait arrivée. Il y a du soleil.

Ils ne fument même pas.

*Ils ne se disent rien.

Ils se regardent.*

Au loin, Hiroshima dort encore.

Tout à coup, elle s'assied.

Elle se prend le visage entre les mains, et *gémit*. *Plainte* sombre.

Dans ses yeux à elle il y a la clarté de la ville. Elle *met* presque mal *à l'aise* et elle crie tout à coup :)

ELLE

Je t'oublierai! Je t'oublie déjà! Regarde, comme je t'oublie!

un cendrier

---

gémir, se plaindre
une plainte, gémissement; lamentation
mettre à l'aise, satisfaire; rendre content

Regarde-moi!

(Il la tient par les bras, les *poignets,* elle se tient face à lui, la tête renversée en arrière. Elle *s'écarte de* lui avec beaucoup de *brutalité.*

Il l'assiste dans l'absence de lui-même. Comme si elle était en danger.

Il la regarde* et l'appelle tout à coup très douce-ment.

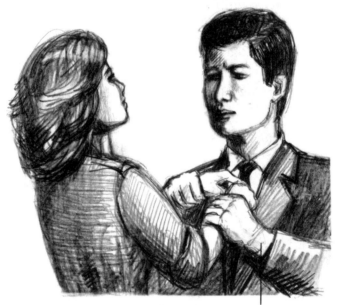

un poignet

---

s'écarter de, s'éloigner de
la brutalité, le contraire de douceur

Elle l'appelle «au loin», dans l'émerveillement. Elle a réussi à le *noyer* dans l'oubli universel. Elle en est émerveillée.)

ELLE

Hi-ro-shi-ma.

ELLE

Hi-ro-shi-ma. C'est ton nom.

(Ils se regardent sans se voir. Pour toujours.)

LUI

C'est mon nom. Oui.

On en est là seulement encore. Et on restera là pour toujours. Ton nom à toi est Nevers. Ne-vers-en-France.

---

noyer, (ici :) faire disparaître

Répondez!

1. Combien d'années y a-t-il entre l'amour d'autrefois et l'amour actuel de la Française?

2. Pourquoi est-ce qu'elle parle, dans les deux cas, d'un «amour impossible»?

3. Montrez un peu que l'oubli joue un grand rôle dans l'esprit de la Française.

4. Qu'est-ce que le Japonais répond à la question que lui pose une vieille Japonaise?

5. Pourquoi est-ce que l'auteur a parlé de «Hiroshima mon amour»? Expliquez ce titre!